Gri grill i altres animalades

SOPA DE LLIBRES

Núria Albertí

Gri grill i altres animalades

BARCANOVA EDITORIAL

Il·lustracions de Francesc Rovira

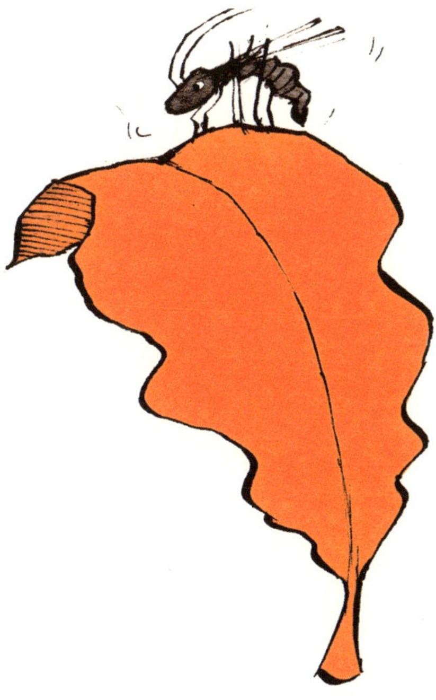

Índex

La natura
diligent ens procura
una bèstia
per a cada molèstia.
Si a les fosques
ja no piquen les mosques,
hi ha els mosquits
que treballen de nits.

PERE QUART

Gri grill

Tot entrant en un carrer
un concert com de violins.
M'acosto a una claveguera.
Jo diria que és a dins!

Gri, gri, gri! No és cap violí!

L'espectacle musical
bullia amb arrogància
fent servir la claveguera
de caixa de ressonància.

Gri, gri, gri! Oi que sí?

He avançat cap a la reixa
i m'he posat a mirar.
Caram! Ni veient-me l'ombra
aquest deixa de cantar!

Gri, gri, gri! Afina amb mi!

Una fulla seca he vist
vibrar de forma discreta.
L'he aixecat i… qui tenim?
El grill que ni així s'inquieta.

Gri, gri, gri! Sóc aquí!

Gos fotogènic

El meu gos canyella
és un presumit:
es llepa les potes
per anar més polit.

Quan algú fa fotos
sempre és al davant
esperant que el mirin
tot dissimulant.

Per fi el fan posar.
Torrent de pèls rossos.
Quan l'enlluerna el flaix
no tanca els ulls grossos.

Si li dius floretes
i està concentrat,
l'objectiu mira amb
el cap de costat.

El pou

«Al mig del jardí
hi ha un vell pou de pedra
amb tan mala sort
que els desigs esguerra.»

Ha estès la llegenda
un gripau tustat
cansat que li caiguin
monedes al cap.

La font del Drac

Envoltada de fullatge
es troba la font del Drac
dubtosa com un miratge
que hagués encantat un mag.

Entre una boira densa
de misteris envoltada
ara escup aigua la fera
d'extingida flamarada.

Aquesta bèstia de ferro
té un nas ben arremangat
i punxes com un paraigua
que al coll se li hagués travat.

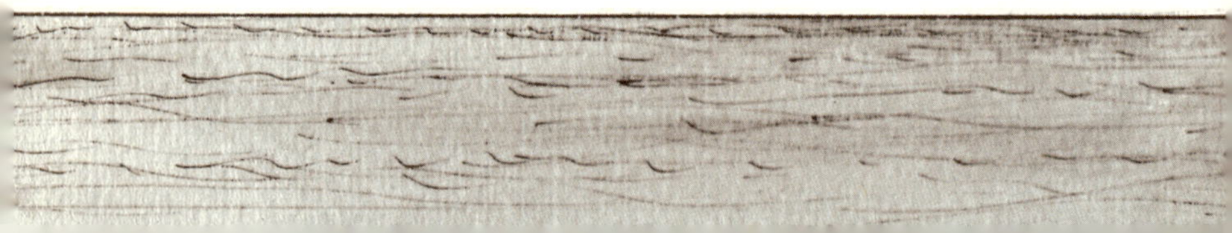

Marina

Pupil·la allargassada,
aleta de tauró,
espina al mar clavada:
un veler a l'horitzó.

Gripaus de bosc

Els gripaus reneguen
molt, dels boletaires.
Inflen bé les galtes
i salten pels aires.

Els gripaus es queixen
que els treuen bolets.
Ara on podran seure
sense tamborets?

Jocs de platja

Un amb cua peluda
l'altre amb cua pelada.
Com ombres es dibuixen
en la llum de la vesprada.

Corren sobre la platja,
salten vora la mar,
dos gossos color negre
amb ganes de jugar.

«Plastilinista»

El meu pare és un artista
però ell encara no ho sap.
Avui parlant per telèfon,
què li ha passat pel cap?

Ja portava quasi una hora
sense deixar de parlar.
Pobre pare, quanta feina!
No et voldries relaxar?

Ja ho tinc! El meu pla està en marxa
i li deixo al seu costat
el meu gos de plastilina
rodonet i escuat.

Faig esforços per no riure
al veure el que li està fent
i emprant tan sols una mà!
Això és del tot sorprenent.

Un cop penja l'hi ensenyo:
—Mira al meu gos què li has fet!
Ell s'ho mira, no ho recorda.
Riu. —Sí que anava distret!

Deixo el meu gos a la taula.
Ara està del tot refet
amb dues banyes ben llargues
i una cua de porquet.

GOS ABANDONAT

Plovent, a la carretera
quasi atropellem un gos!
Li fem llums però ell no marxa.
Li tremola tot el cos.

Ens creuem una mirada
perduda, i suplicant.
Com podem fer perquè pugis?
Els cotxes ens van pitant…

Si parem ens va la vida
però la teva val igual!
Ell goteja pluja i llàgrimes
d’amor incondicional.

Llavors sortint del camí
he sentit una noia cridar.
T'ha xiulat i quan l'has vist
has corregut cap allà.

Et rep amb una abraçada,
sembla de les que perdonen.
Només t'havies perdut
a d'altres els abandonen.

Barca de pesca

Una barca de pesca
a port es dirigeix
i un estol de gavines
s'hi acosta buscant peix.

De lluny sembla escortada
d'un seguici d'honor.
Satèl·lits d'un planeta.
Eixam perseguidor.

Històries peludes

El meu ninot de peluix
és una lleona somrient.
Suau, taronja i peluda
ja té més d'un pretendent.

El nino del meu germà
és un os bru i dormilega
que amb uns ulls petits i negres
a la lleona llambrega.

Però a qui estima el meu felí
és un peluix gris clar
amb les orelles ben llargues
i cua per remenar.

Cabriola

El cap d'un excursionista
ha agafat per sorpresa
una aranya que en un pi
la tela tenia estesa.

Vibrant ha quedat la branca
i d'un fil giravoltant
l'improvisat trapezista
a voltes ha anat pujant.

Atxim!

Al coll un virus burleta
s'ha colat i m'ha picat.
Ulls plorosos, nas d'aixeta:
ja he agafat un refredat!

RATPENAT

Com papallona gegant
ha creuat un ratpenat
tot volant fent ziga-zagues
i pel seu radar guiat.

Prop la llum troba insectes
que detecta al volar.
Quan ja n'estigui ben tip
cap per avall els pairà.

Les foques

Nedant juganeres
sota les onades
segueixen precises
formes ondulades.

Després es capbussen,
tot investigant,
com grises sirenes
de pell brillant.

Estol de gavines

Reposant sobre la sorra
s'estava un grup de gavines,
a la vora de la mar,
lluint com brillants petxines.

Amb les seves ales fosques
mirant al mateix costat
semblava que el mateix sol
una ombra els hagués pintat.

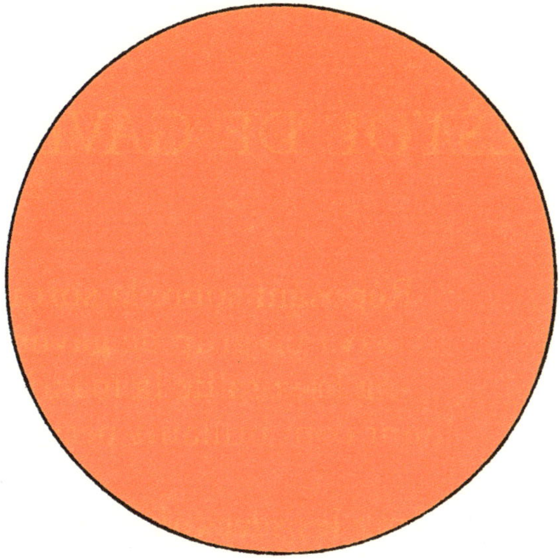

Gat entre lliris

Al migdia, en el parc,
un gat i el vent jugaven
amb les fulles dels lliris
per saber a què ensumaven.

El vent les feia moure
avall i de costat.
I el mix seguia el lliri,
mig guenyo, hipnotitzat.

De tant moure el coll
el gat queda cansat.
Més tard, quan el vent marxi,
no serà tan complicat.

L'ARANYA

Fora la terrassa
s'hi ha instal·lat,
una aranya grassa
que ha fet un brodat.

LA TORTUGA CUCA

El nostre oncle Juli
ens la va regalar.
Ara sabem que és mascle
però Cuca s'anomenà.

Si xiules i dius Cuca,
renoi quina mirada!
Però si et mous bruscament
ja l'hauràs espantada!

Quan ve el fred de l'hivern,
amb draps s'ha d'amagar
ben calentona fins
que el sol torna a escalfar.

D'un bol li encanta beure
quan està assedegada.
I s'hi passa una estona
glopada a glopada.

Ara es banya sencera.
Ui! Què fas, marranota?
L'aigua era ben neta!
L'haurem de canviar tota...

BARALLA DE GATS

S'ho diuen sense embuts
clavant-se la mirada
amb miols sostinguts,
la gropa eriçada.

—Fuig de la meva zona!
—*Què dius? Deixa'm passar!*
—Ni parlar-ne! He dit fora!
—*Això et sortirà car!*

Una femella els mira
però, avorrida, badalla.
Tampoc hi ha cries que
segueixin la baralla.

Els gats treuen les urpes.
La femella ha marxat.
Ara sense el seu públic
qui veurà qui ha guanyat?

—Per què no ho discutim
relaxats entre els pins?
—Aquesta és una opció
de correctes veïns!

Finalment els gats marxen
amb digna retirada.
Avui no han saltat pèls,
i ni una esgarrapada!

DARRERE LA PORTA

Darrere la porta
insistent copet.
Toc, toc! Toc, toc, toc!
Millor em quedo quiet.

Darrere la porta
algú vol entrar.
Toc, toc! Toc, toc, toc!
Ja s'esperarà.

Darrere la porta
poso un tamboret.
Toc, toc! Toc, toc, toc!
I m'hi poso dret.

Darrere la porta
miro pel forat.
Toc, toc! Toc, toc, toc!
Ningú a l'altre costat!

Darrere la porta
s'ha fet el silenci.
Qui hi havia a fora?
Val més que no hi pensi.

Darrere la porta,
del tot marejat,
canvia de rumb
un escarabat.